一天·一生

郦波

上海人民出版社　学林出版社

目 录

一

3 | 与你

4 | 屋顶的天空

5 | 悬停

6 | 一个想念的人

7 | 夜路·车站

8 | 回忆里的你

9 | 等你

10 | 带你走

11 | 生之所遇

12 | 秋风起

13 | 一如你的我

14 ｜ 平行线

15 ｜ 不小心

16 ｜ 完整

17 ｜ 诗的定义与意义

18 ｜ 在黄昏里站成清晨的模样

19 ｜ 你·我

20 ｜ 来·去

21 ｜ 秋光

二

25 ｜ 沉醉

26 ｜ 经历

27 ｜ 雪月

28 ｜ 诗中人

29 | 游戏

30 | 安静的生活

31 | 我们的时光

32 | 当她

33 | 时间之于我们

34 | 瞬间

35 | 彼此

36 | 月亮

37 | 夕阳里流淌着你读诗的声音

38 | 相见欢

39 | 路过的光阴

41 | 世界里的人

42 | 在在如是

43 | 众生　如你

44 ｜一个人的黄昏

45 ｜躲雨

三

49 ｜安静的之前

50 ｜破碎的风和月光

51 ｜懂你

52 ｜陌生人

53 ｜就好

54 ｜午后　你会想念一个人

56 ｜爱情

57 ｜失散一季的你

58 ｜早些时候

59 ｜你的我……的

61 ｜ 老去

62 ｜ 干净的

63 ｜ 无尽 · 无解

64 ｜ 不见花落　不伴花开

65 ｜ 湖上新月

66 ｜ 是为彼此　来此人世

67 ｜ 惑，或者

68 ｜ 短章

69 ｜ 冰水

70 ｜ 错过的秘密

四

73 ｜ 寻

74 ｜ 大地　有一种深意

75 ｜早安

76 ｜岁末

77 ｜疏远

78 ｜允诺

79 ｜活出一个自己

80 ｜不可触碰的孤独

81 ｜暗物质

82 ｜我的自由

83 ｜天地极静的时候

84 ｜涟漪

85 ｜埋葬

86 ｜暗送

87 ｜寂寞如我

88 ｜风一样的男子

89 | 然我

90 | 迷路

91 | 我,最靠近月亮

92 | 新生

五

95 | 非诗人

96 | 新我旧我

97 | 我

98 | 此刻

99 | 一生

100 | 你湿润的眼睛

101 | 身影

102 | 字云水

103 ｜ 荡秋千

104 ｜ 人生的边上

105 ｜ 轻轻的悲伤

106 ｜ 擦肩而过

107 ｜ 一个人的世界

108 ｜ 一只船

109 ｜ 盛夏的星辰

110 ｜ 荒原

112 ｜ 我喜欢的地方

114 ｜ 我是谁

116 ｜ 生活

117 ｜ 一天 · 一生

与你

我与世界

    格格不入

我只与你

    惺惺相惜

屋顶的天空

和少年一样,坐在
屋顶上

阔大的天空,只是我
卸下的行囊

有年轻的风,热烈地
扑进胸膛

那些曾经的你我,如痴
如狂……

悬停

冰,在阳光下

晶莹

却还未融化

我,在阳光下

想你

像一只小小的蜂鸟

悬停

在你　清澈的芳华

一个想念的人

不要轻易放弃

一个每天都会想念的人。

我们，把自己

放逐在这无边的红尘。

辛苦的跋涉，忽然的沉沦，

还有，角落里的阴暗，夹缝中的命运……

我们疲惫得 有时会放弃自己，

但不要 轻易放弃

一个

每天都会想念的人……

夜路·车站

我站在人海里,
生命和时光在两旁川流不息。

属于你的我的思念,
是尘世间最清澈的呼吸……

回忆里的你

回忆,是条悠长悠长的小巷
时间,在巷尾砌了一堵墙
你站在墙边,没有说话
一边　深情地看我
一边　看向夕阳

等你

我写下的 每一首诗
都是一扇 虚掩的门

等你,
于无声处

等你,
推门而入……

带你走

阳光,在任性的日子里
肆意生长
我和一朵花
相视良久

你出现的那一刻
还未开口
所有的过往 已
变得温柔

时间,虽然不肯
为我们停留
但我可以带上你和岁月
一起走

生之所遇

从一个日子,
走向另一个日子。

从一个自己,
走向另一个自己。

跋涉的时候,
遇见风,遇见雨,遇见他们,遇见星辰……

驻足的时候,
遇见来,遇见去,遇见欢喜,遇见 你……

秋风起

便秋风凄凉,
世上,还有我
温暖的胸膛;

便世事无常,
人间,还有你
爱怜的芬芳!

最好,能牵你的手,
去远方,
心灵和心灵一起,
在路上……

一如你的我

常去寻那世间的美景,
在这世界的某个角落。

我只是红尘里的过客,
满腹的话 却无从诉说。

唯有时时将你置于心怀,
仿佛时刻与你同在。

我见 如你所见,
我恋 似你所恋,
我歌 为你所歌……

如此我的你,一如你的我……

平行线

我想,

我们是两条不同的线。

沿着各自的轨迹,

奔向生命的末端。

也许,一生不曾谋面,

但我可以想象　你的容颜;

也许,没有交汇的一天,

但我可以奢望　碰撞的灿烂。

于是,

心底装满了思念,

浅浅的思念,

作绕指柔,

写满　你的平面……

多好啊,你就在我的空间!

虽然,我们是两条平行的,线。

不小心

思念　越来越深

时间　也只是陪衬

所有的夜晚

都一如旧时的夜晚

所有的清晨

都曾是血色的黄昏

我也想笑傲江湖迭宕一生叱咤风云

却不小心

脉脉钟情了一人

完整

落日是不完整的
但它有完整的暖与光亮

初春是料峭而寒冷的
但它有晓寒轻外的暖与希望

你是真实而不完美的
但你有我完美的梦与 梦想

诗的定义与意义

你眼角的笑意
你唇角的叹息
乃至你忽然的出现 与
　　　　慢慢转身的离去
在我眼里
都比诗的定义
　　　　更接近于 诗的意义

在黄昏里站成清晨的模样

我在黄昏等你的时候
心中 满是清晨

每一个日子都脚步匆忙
不容我为之踟躇,惆怅

风回来的时候你也会回来吧
我一定在黄昏里为你
站成清晨的模样

你·我

在人世里相逢——
然后,
淡泊明志地坚守;
而你,
宁静致远地等候。

在红尘里转身——
见你,
明心见性地凝眸;
而我,
千山万水地停留。

无非你我,无非红尘。
所念至深,所爱至纯。

来·去

风,
从很远的地方来
又到很远的地方去

梦,
从生命的深处来
又到时间的深处去

我,
从 前生往事来
惟愿 能到你的身边去

秋光

秋分了,
天气转凉。

叶会落,
草会黄,
江水东流去,
雁阵向南方。

我拟留一行浅浅的足印,
在你心上,
便不得永久,
也不肯辜负 这爽朗的秋光……

≢

沉醉

没人能记住江水
玻璃杯的边缘还挂着一滴泪
月亮的影子比孤单还孤单
若非是你
没有哪一个夜晚
能让我,沉醉

经历

在汹涌的大海面前
我也汹涌过

在悲伤的世界怀里
我们忘记了悲伤

你转身的一刻
世界黯淡无光
幸好，我的内心
竟已 安然无恙……

雪月

你清凉的样子 让我
想起雪夜里的月亮

我也 长恐夜深月睡去
故掌青灯 用一袭瘦长身影
伴你玉妆

一切所能醒来的幻想
都如 月光

你是不可言说的心事
流落在 人间
天上
……

诗中人

是谁

在我的相思里

种满了你的心情

是谁

在我的岁月里

写满了你的曾经

我不是诗人

你却是我诗中的人

你和时光一起

封存了整整一季温柔的青春……

游戏

迷路的月光不知该去谁的窗前流浪
摇摆的花枝看着流水默默去向远方

百无聊赖的此生
我们来玩一个游戏吧——

要么,你做我一种飘零两处闲愁的流水
要么,我做你无所事事窗前迷路的月光

安静的生活

我喜欢　安静的生活
世界在右　思想在左
中间是你
和我

在黑暗的世界里,
一点点光亮,都足以
指引方向。
我喜欢安静地看着你,灵魂泛出
淡淡的清香……

我们的时光

我们的时光 略有些旧了
也好,
时间的质地 也有些厚了

我们越来越随意地分离
然后,
在月瘦影长的夜里
忽然,
那么安静地 想起你……

当她

当她，
开始说话
世间，
都安静下来

冬天，
有了夏天的清凉
夏天，
有了冬天的温暖

还有，
一树一树的花开
和那，
一瞬安宁的自在

时间之于我们

你出现在静止的阳光下
仿佛,从没有开口
说过话

时间对我们有特别的意义

有那么一刻
惆怅的风
轻绕着窗台上即将枯萎的花

瞬间

你曾许我
一个美丽的黄昏

而我在等风起
在等雨来
在等这个世界我所热爱的一切 还在

有生之年
盛不下许多瞬间
忽而化蝶
忽而成茧

彼此

该如何看待你我的时光
一边发生
一边流逝

该如何看待你我的世界
尽得风流
不著一字

其实
你我是彼此的背面
就像一张什么都还未曾书写的
白纸

月亮

你送我一枚古老的月光
我把它挂在我们的屋顶上
来来往往的人们看见了爱情
从此,
人间 才有了月亮……

夕阳里流淌着你读诗的声音

此刻,

泥土静默

风在沉吟

夕阳里流淌着

你读诗的声音

难为黄昏

无约也来

夜的暗黑

侵蚀不了

我念你时

勇敢的心

相见欢

你赠我一朵 野花
说让它 送我
回家
天空飘下瘦硬的雪花
轻轻地包裹马蹄的哒哒

那些曾经的过去
那些微小的点滴
都有它的使命
都有它的深意

路过的光阴

我静静地站立世界的角落,
隔着时光,远远地望你。

那些路过的光阴,请助一臂之力:
将你我的岁月,你我的命运,悄悄凝聚……
这样,
我可以藉由命运的力量,出现
在你的身旁。
这样,
我可以凭着真切的思想,释放
生命的光芒。

我还在这里,
隔着岁月望你!

路过的光阴啊,

请助我一臂之力……

世界里的人

我住在世界的旁边
见惯了大悲大喜

那个人眼角的一滴泪
曾经引发过漫长的雨季
后来
她又笑了
不是烈日
就是暴雨

我住在世界的旁边
见惯了爱与恨的酣畅淋漓

在在如是

时间,
无处不在,
却又从不 单独存在。

就像思念,
念念皆在,
却又从来 因你而在……

众生　如你

你看我的时候

开过的花　会再开一遍

你要走的时候

明亮的夜　忽如墨染

……

人生　着实有趣

众生　其实如你

一个人的黄昏

那次赠别

你送我　一万朵黄昏

我还珍藏着好多宁静

却被遗弃在这世上

只身　一人

躲雨

我站在屋檐下躲雨

屋檐和雨 都是别人的

独我湿漉漉的心情

才是

你的

安静的之前

傍晚与城市分开之前
暮色,是安静的

河流与山川分开之前
泥土,是安静的

我,和你,分开之前
命运,是安静的
……

那之后
只想回去
安静的 之前……

破碎的风和月光

这不是一个多雨的城

在你走后

却下个不停

还有破碎的风和月光

让我平添了惆怅

你在我身边的时候,它们

都是完整的

生命单薄得像一张写满希望的纸

时间 都在你的笔尖上

却独独 把我遗忘

懂你

这清晨

宿雨初霁

你看着枝头的阳光

我看这　叶上的雨

我所以为你不懂我的

何尝不是　我不懂你

陌生人

如果,你回来
所有的一切,还在
一切都会　原封不动
一切都会　痴心不改

只是,你还能否记得
你将成为唯一的陌生人
窗外,松荫如盖
四面,岁月如海

就好

你爱不爱我

我不计较

我把你的沉默

当作深情的歌谣

爱情,本来有无尽的无奈

你肯远远地看我,就好

午后 你会想念一个人

你会想念一个人
在风和日丽的春日午后
你会想帮他抚平衣角
然后抬起手
帮他抚平 脸上的皱纹

你会想
他是走了那么远的路
整整经受了一世的风尘
他是寻了那么久的我
一颗心
早已沧桑似海
远望 又如星辰

拿去吧
如果你想

拿去吧

我的灵魂

爱情

岁月是一把冷兵器
用一种古老的方式
刺入我的身体

荆棘鸟还陷在荆棘里
我和她
都鲜血淋漓……

失散一季的你

当冬天降临的时候

天地

便封锁了我的消息

有关我的每一个字　都不许

在你面前提及

就连我们一起念过的诗

也被一字一句　拆散在湿冷的空气里

我不得不向你告别

等春回大地

踏上漫漫长路

去重新寻回

失散整整一季的你

早些时候

早些时候,你站在那里
远远地看我
眼里,流淌着时间的风景

早些时候,学会了迁就
跟着你漂泊
脚下,踏实的爱情无需证明

早些时候,你还爱着我
我还爱着你
我们,还心甘情愿地相信爱情

你的我……的

使你欢乐的
正是让我痛苦的

让你满足的
正是致我彷徨的

为你留下的
正是我要牺牲的

因你重生的
正是我欲永恒的

没有欢乐与痛苦
没有彷徨与满足
没有牺牲与重生

都别说

　　　爱过

老去

生命散场

谁会是第一个离开的人

有一天　你会老去

在夕阳的光影里

而我

每一天都老去在你老去的时光里……

我对你的爱

微小而具体

只是你　不曾注意……

干净的

风是干净的
它们吹过耳际的时候
我知道

雨是干净的
它们打湿发际的时候
我知道

泪是干净的
它们流过脸庞的时候
我知道

爱是干净的
它深深刺痛我的灵魂的时候
你知道不知道

无尽·无解

所谓人生的旅程

就是心里藏着悲欢

去遇见那个给我无尽悲欢的人

我遇见过一道永远无解的难题

题目只有一个字——

"你"……

不见花落 不伴花开

刚刚好的爱
其实只够爱 一个人 一生中 一小段的时光
所有的戛然而止
都止于才结束 仿佛又刚开始

刚刚好的爱
  不见花落
  不伴花开

再过几个月
  就是春天了
可是冬天 才刚刚来……

湖上新月

该走的　都走了

该亮的　还未十分亮

湖面上的微光

是一片　盘根错节的忧伤……

爱情

也曾来过这里

举目四望

惟余　茫茫……

是为彼此　来此人世

每一个爱情的诞生与消亡　都是
有缘由的
就像　每一句爱与恨的饶舌
都徒费言辞

要流下多少沉默才会明白
我们　是为彼此
来此人世

惑,或者

如果,
我们只是擦肩而过,
为何你一瞬的目光,
会那样深刻?

如果,
我们不是擦肩而过,
为何你淡淡的微笑,
会不见因果!

最好,
我们只是擦肩,
时间只是断流,
在永远停留的一刻,
你只是淡淡地微笑,
只是深深地看我……

短章

一只蝉　在秋天悲鸣
一棵树　在冬天凋零

我们各自失忆
由相爱的人
看守到死

冰水

那一口冰凉的水
加重了我的悲伤

你出现又消失
就是人生的真相

日月星辰　都散落在田野里
凉的风　还抱住我不放

错过的秘密

千万人可以看见的流星
被千万人　低头错过

千万次可以遇见的你我
被命运　千万次
擦肩而过

或者
没有秘密和不知道秘密的人，才会
快乐……

四/

寻

人生而孤独,
不过是在时间的一瞬和空间的一隅里
苦苦追寻。

如在茫茫夜中寻一点光明,
如在漫漫路上寻一缕希望。

那些夜里的光亮、路上的希望,
如能寻到,便成
绝响……

大地　有一种深意

大地，
有一种深意，
不言，不语……

我走时　是一个静静的清晨。
海上升起的红日，安静地俯瞰大地。
大地　则安静地看我出门，
她有一种深意，却
不言不语……

很多年了！
我何曾走出过她的怀抱，她的
深情、厚意……

早安

没有一朵花　会错过春天

没有一个你我　会错过思念

别站在黄昏里等我

我怕黑夜会先我而到

即便擎着灯火归来

我也更愿在清晨陈旧又崭新的空气里

用一树花开的时间

对你说——

"早安!"

岁末

时间,
已经很老了。

我收到一封有些受潮的信
打开
已是薄暮时分

街灯亮得有些早
像黑与白之间
稀稀疏疏的折痕

时间已经很老了
长成冬夜里
一道　潮湿的皱纹

疏远

花丛里有双警觉的眼

百合花的软　撑起

云开　雾不散

月光　在梳马尾辫

没穿袜子的小姑娘

抱着小熊　安坐床边

想起过去

我们和月亮

已　日渐　疏远

允诺

黑夜允诺月亮以明亮
爱情允诺你我以悲伤

一切
正在发生

我们
却　两手空空

活出一个自己

人生要努力活出一个自己
内心的挣扎与超越
其实,
与他人无关

我挡不住风雨的到来
可风雨　也挡不住
我做晴朗的事

不可触碰的孤独

我的冬天
都被冷与暖填满了

我的身体
都被霾与尘撕裂了

我的灵魂
住满了沉默与喧嚣

唯有 我的孤独
还有一份世人不可触碰的天真

暗物质

光　在醒来
时光　也在醒来

阳光照在纸上
我险些看到　黑暗的另一面

话已说完
倘还有赞美
只能留给　潦倒
与　沉醉

我的自由

山很高,
但需要一棵小草

海很深,
但淹不死一个小水泡

于我而言
最要紧
是灵魂活得自由、干净
不能在睡着或醒来时　见灵魂入目
不堪

天地极静的时候

当天地极静的时候

我会看见过往在变得苍老

昨天的你却像一个孩子

在昏暗的岁月里

对我　清澈地

微笑

涟漪

阳光

像一支箭

射进窗来

被射中的茶与我

起了涟漪

世界无需表达

众生的心跳

便是

最好的言语

埋葬

笔,
写下一行饥饿的诗

我,
在阳台上 收拾
被暗夜凌辱的心情

今天的太阳
并不能治愈
昨夜的寒冷 与忧伤

只有一场大雪
能埋葬 所有的
寂寞、空虚、冷……

暗送

我遇见　一树花开
可我来的太晚
空怀　风的心情

想送你秋色连波
又恐　夜夜除非
波上寒烟翠

缪赛说
最美的歌都是最绝望的歌
所以，不朽的你我
都是　最纯粹的眼泪……

寂寞如我

在没有你的日子里,沉淀成
自己。

写一行诗,
饮一盏茶,
便远离了尘世、江湖,和恩怨情仇。

不错,我通常是孤单而寂寞的。

可如果,你学会善待寂寞,
时间久了,
生命就会在恒长而坚定的寂寞里
开出花,结出果……

风一样的男子

风,
你来,
我们谈谈!

那些私密的心情
你曾带去天边
告诉世人 我的运命
风言风语 说个不停

其实
你不知道
你说我的时候
独独忽略了
我想你的心情

然我

城市　是光鲜亮丽的
然我　是困顿的

世界　是斑驳陆离的
然我　是单一的

生活　是繁忙喧闹的
然我　是枯寂的

迷路

谁在轮回里迷了路
有一道时间的涟漪　回荡
在我身后的不远处

我回头去看
想指引那迷路的魂灵
却见我
站在我的身后
隔着时间的沧海
眼里，全是明悟与倾诉
……

谁在轮回里迷了路
有一道时间的涟漪　回荡
在你身后的不远处

我,最靠近月亮

默契这东西

怎么说才好呢

凡有边界的

都如狱中

人世间最高级的自由

是忠于自我 信仰与追求的坦荡

等思念升起

我,最靠近月亮……

新生

有一天

我听见一个人

站在我的坟前 喃喃自语:

"多好的一个人

可惜竟然错过

未曾面对他鲜活的灵魂……"

我一下长出漫山遍野的新草

草叶尖儿上 全是湿漉漉的清新……

五

非诗人

我知道我是沉默的

站立成树

平躺成土

我知道我是孤独的

来时雄关

去处归途

我从不在文字的海里打捞词藻

我只在深深的岁月里怀恋年少

新我旧我

我行走于时间的背后
也踟蹰于世间的身前

吾常细审自我的灵魂
却难暂窥浊世的身影

我们注定的孤独
交与运命
——细数

沧海远望桑田
晨钟依偎暮鼓
新我旧我
渊默如树……

我

大多数时候
我是奔忙的路
　　　是空洞的风
是蝉鸣扰扰的八月
是似是而非的季节

我一孤独
便觉人满为患
我一踌躇
忽又意兴阑珊

只有偶然的时候
我　才是我

此刻

未来

不可预知

过去

遍地难寻

天空一无所有

何以慰藉我心

一生

在我幼年的时候,便已预知了全部的人生。
那些扑面而来的你们,
全是秋叶般温暖而深色的轻盈……

在我少年的时候,便已预见了全部的人生。
那个款款而来的你,
定是雪花般温润而纯色的娉婷……

在我终年的时候,终于度过了全部的人生。
那个晦默如深的我,
终是沧桑般温奥而素色的宁静……

你湿润的眼睛

在汹涌的岁月的长河里
你波澜不惊

在翻滚的红尘的大海里
你稳泛沧溟

作为树
你比树经历了更多的风雨

因为雨
你走进那些干旱荒芜的城市
带着一双　湿润的　眼睛

身影

每一句说不出口的深情
都藏在诗词里

每一种读不懂的人生
都刻在文字里

待我走后
大地春生
我们留给世界的
只是一道　或浅或深的　身影……

字云水

我爱文字

和文字里默默坚守的灵魂

温柔又柔韧地成长

坚强地长成温润

但只有你知道

我会在你的字里行间一瞬间苍老

或是迟到的黎明

或是多雨的黄昏

荡秋千

我喜欢在夜里荡秋千

有时,离明亮的星空近一点

有时,离深沉的大地近一点

我喜欢在梦里荡秋千

有时,离遥远的梦想近一点

有时,离不远的你近一点

我喜欢在醉里荡秋千

有时,离杯中的幸福近一点

有时,离人生的悲伤近一点

人生的边上

陪自己生活,
跟文字谈心,
和最近的温暖叙旧,
与隔世的灵魂交流……
我守在人生的边上,
人生,是这一季的　美丽哀愁……

轻轻的悲伤

眼前的悲伤,终将
轻巧得像往事一样

我在深夜里
听见过星星的歌唱

天空,晴朗得不可想象
谁的梦里不挂着一轮刚刚迷路的月亮

擦肩而过

我和我的人生,擦肩而过
你看透了我的未来,却什么
也不说。
风中的花朵,一朵两朵
伤心的人啊,一个两个……

你和你的人生,擦肩而过
我看到了你的未来,却什么
也不能说。
风中的花朵,一朵两朵
伤心的人啊,一个两个……

红尘的花朵,一朵两朵
红尘的人啊,一个两个……

一个人的世界

我有一个
只有一个人的世界

而那个人
却不是我

一只船

你望着彼岸

已经多年

眼里的光亮　已日渐黯淡
脸上的神情　叫做沧桑
脚下的坚定　也变得蹒跚
……

别问我为什么知道这一切
我是渡口那只衰朽的　　　船

盛夏的星辰

我来菩提树下

非为打坐

只为纳凉

盛夏的慵懒与沉默涂满了我的嘴唇

我不能说出

哪一个你　是我的爱人

我喜欢

你是你我是我的时候

我们是两颗穿过黑暗彼此默默凝望的星辰

荒原

我路过秋日的荒原
看见一棵依然苍绿的树
它多么像四十年后的我,又或者
四百年前的我

后来
我站立原地,很多年
只为 想清一个问题——
为什么是世界的荒原与我?
而你,又在哪里……

因为这个问题
我的脚趾慢慢长出密密的根须
深深地在泥土里爬行
和那荒原树,终究

长在一起

……

我喜欢的地方

我喜欢

去遥远的地方

用卑微的身体　穿越曼妙的时光

我不在这里

也不在那里

在　路上……

我喜欢

去陌生的地方

一个人　坐下来

看那些浮云　看那些路人

默默微笑

淡淡思想

我喜欢

去一个地方

有灵魂作伴

有思念的　芬芳……

我是谁

我想,

我大概是一棵树,

却无法扎根,

一直在奔跑……

我想,

我大概是一棵草,

却横生剑气,

斩魔除妖……

我想,

我应该是一个人,

却浑浑噩噩,

神魂颠倒……

我想,

我或者什么也不是,

却如此真切,痛

并煎熬……

生活

奢华的生活 不过是：

有茶

有酒

有你陪我……

极简生活 也不过是：

有风

有月

有你陪我……

我与世间格格不入，
我只与你情投意合。
一切皆被譬喻，
只有你才是本体。

一天·一生

不管这一天有多难过

认真地喝水、吃饭、洗澡、入眠……

不管这一生有多彷徨

认真地阅读、书写、思念、思想……

一切终将黯淡

只有你

才是光芒……

图书在版编目（CIP）数据

一天·一生 / 郦波著 . —上海：学林出版社，2019.7
（云水情诗）
ISBN 978-7-5486-1533-0

Ⅰ.①一… Ⅱ.①郦… Ⅲ.①抒情诗—诗集—中国—当代 Ⅳ.① I227.2

中国版本图书馆 CIP 数据核字 (2019) 第 128442 号

策　　划	夏德元
责任编辑	胡雅君
封面设计	海　螺

云水情诗

一天·一生

郦波 著

出　　版	学林出版社	
	（200001　上海福建中路193号）	
发　　行	上海人民出版社发行中心	
	（200001　上海福建中路193号）	
印　　刷	上海雅昌艺术印刷有限公司	
开　　本	787×1092　1/32	
印　　张	4	
字　　数	6万	
版　　次	2019年7月第1版	
印　　次	2019年7月第1次印刷	
ISBN 978-7-5486-1533-0 / I·213		
定　　价	68.00元	

N